歌　集

霜月祭

大塚布見子

現代短歌社文庫

目次

祭の章

風の章

秋立つ日

ある日ふと西に山脈《やまなみ》見えわたりけざやかにして秋は来てをり

かたき葉となりて秋立つ大欅さわだつ音のつねにこもらふ

すね者の如く首ふる猫じやらしあるとしもなき初秋のかぜ

風のむた右に左に首ふれど猫じやらし自在といふにもあらず

あてもなくひととき街をさまよひき心放つとも捨つるともなく

楼蘭のミイラとはいへ夭《わか》く死する少女は少女のままのまなざし

みづからに愉《たの》しむらしも竿売りの声唄ふがに風に乗りくる

よるの湯にゐつつ思へり昼間みし石の駱駝はいづこ見てゐし

虫の音は今宵高まれりわが眠り包みてひと夜鳴きつぎぬべし
はるかなる

こがらしの一番今日し吹き荒れて木の葉散らせり霜月に入る

霜月は紅葉《こうえふ》の月わが生《あ》れ月遠山脈《とほやまなみ》の見えわたる月

武蔵野に季節風とふ吹く日にはかならず遠き山脈見ゆる

山脈のはるけき方に何恋ふと言ふにあらねど見さけ佇む

亡き母を想へば気遠《けどお》しこれの世に確かに生きておはせしなれど

音のなき音なりしかも一瞬にばら一輪の崩れ去りける

庭隈《くま》に鳴き出で亡母《はは》が声かとも秋の終りのひとつこほろぎ

富士見ゆるところまで行き佇みて帰るさ人の別れに似たり

日をひと日吹き散る木の葉日当れる玻璃戸にしきり影絵ふらせつつ

ふたたび伎藝天

やや左に頭《かうべ》かしげて笑み佇《た》たす伎藝天女はいづくより来し

伎藝天のかざすおゆびの繊《ほそ》き先目には見えねど立ちのぼるもの

己が愁ひ吸ひつくしてや伎藝天なほおほどかに笑み漂はす

伎藝天うつつに生きしひとならめおん鼻さほど高からずして

いつどこで逢ひしみ面《おも》ぞ伎藝天遠き前世《さきよ》の知りびとならめ

左膝すこしく曲げて歩一歩吾《あ》に近づくや伎藝天女は

伎藝天のふたへの顎を見つつゐてかの世の母に逢へる思ひす

われに似るおとがひならずや伎藝天まろく小さきそれのおとがひ

うす暗きみ堂の中の女身佛《によしんぶつ》そこのみ常に春と思ひき

伊豆行

青海を見下ろす駅に停車して単線列車はうごくともせず

吹かれつつ秋の黄蝶やいづくまで海に傾く枯れ丘の上を

かしましき女《をみな》の一団降りてより車窓いつぱいに青海ひろごる

路地路地のかなたに青きが垣間見え海かも空かも入り江の町は

竹叢《たかむら》の秀《ほ》先やはらになびかひてかたみに物を言ひ合ふ如し

半島の山のはざまに仰ぐ空海のかけらの如き藍色

下枝《しづえ》より上枝《ほつえ》に至りびつしりと蕾もつなり伊豆の椿は

真向ひに大きく大島見ゆる駅少女が一人降りてゆきけり

半島の冬に咲くらむうす紅のエリカはここだ蕾ふふめる

岬いくつめぐりゆきつつ亡き母を思へばひと世《よ》つつましかりき

突き出でてきりぎし鋭き巌《いはほ》なり海に向へるもののきびしさ

昼の月今日もかかれり昨日より少しく痩せて半島の空

昨日《きそ》釣りし眼仁奈《めじな》は今朝の膳にいで口閉ぢをれどまなこ見開く

半島の岬端《さきはな》に立ちなほ遠きかなたの岬に日の入るを見し

おむすびの形の利島《としま》あるときは近く見えつつ常沖にあり

釣られては血を吐く魚やうろくづに痛みのなきと言ふはまことか

沖遠く過ぎゆく船のいくつあり磯に小さく釣りする吾は

夕虹

庭に咲く黄すげ露草ばらの花どの花よりも淡し夕虹

これの世の苦しみあまた経て来しを君に向かへば若き日のまま

若き日の友なる君にまれに逢ふこともひと生《よ》の華やぎならむ

みんなみの印度は暑しとただひとこと書きたまふのみ君の絵葉書

東京に住みつつかたみに相逢はぬ歳月思へば長かりしかな

えごの花咲くといへれどあはれなり暗き木叢《こむら》にみな下向きて

悼歌

石田成太郎氏を悼む

あをあらし吹きしきる日に君逝けりあくまで蒼き空の奥処《か》や

ひとたびの逢ひなりしかど魂《たま》合ひて歌を語りしこと忘れめや

夕つ日は北の小窓を染めゐたり彼《か》の世の光り届くと思ふ

青葉梟《あをばづく》

ふるさとを離れてひさし思はぬに都のよるにきく青葉梟

おほははの膝に夜な夜な物語ききし昔の青葉梟の声

ゆくりなく青葉梟ききしあかときに国の総理はみまかりましぬ

大平正芳首相

ふるさとの父を恋ひつつ聞きたりし総理が讃岐弁ふたたび聞き得ず

梅雨雲の切れつつ今宵天頂に麦星ひとつ見出でたりけり

ふるさとは蜜柑の花の咲く頃ぞ疾《と》くかへりませ首相がみ霊《たま》

夏の歌

低声《ひくごゑ》になきつれいゆく山雀《がら》ら汝《なれ》ら諍《いさか》ふことのあらずや

山鳩の鳴く日鳴かぬ日鳴かぬとてわきて寂《しづ》かといふにもあらず

開き切る時いまならめ紅薔薇の花の極まり見する大いさ

冷房の電車の垂らす水しづく幼き子ろがゆまりにも見え

目守《まも》りゐてしばしをあれば夕星《づつ》の今宵地上のものより親しも

天《あめ》掃くと伸びに伸びしかなよ竹の高き秀末《ほすゑ》のおのづから揺る

あち向きこちら向きにと咲きのぼり立葵いくつ花咲かせしや

葉ざくらは夕かげ深く湛へをり永きひと日の暮れなむとして

鬼怒川をやさしと渡れり君の名のきぬに通へば節《たかし》思へば

富士は見えねど
霧しぐれ富士を見ぬ日ぞおもしろき　芭蕉

西と東箱根路に来て今日し逢ふ歌のえにしのかりそめならず
サキクサ三周年全国大会

足柄《あしがら》にしぐれ降る夜をかびくさき宿の布団にいねがたみをり

今朝の空いかにと窓により見れば木立遮るここは山なか

霧しぐれ富士見えぬ日ぞ足柄のたをりたをりの山あざみの花

霧しぐれ富士隠ろへど駿河の海見えわたりたり御前崎まで

見えわたる駿河の海や淡青《たんじやう》のただひと色の天《あめ》につらなる

あしがらの山の見ひらくまなことも芦のみづうみ蒼深かりき

遊覧船の赤きがゆけど芦の湖の水が湛ふる山の小《を》暗さ

のこん菊雪の如くに白かりき岩に彫《ゑ》られしみほとけの前

山岨《そば》の岩に彫られて七百年地蔵の笑みのをさなさぶるまま

いづこより来れる人らか箱根路の関所の跡の群れて賑はふ

あきらかに雲かげ落しおぎろなし富士の裾原秋晴れわたる

きのふけふ

しじみ蝶庭面《も》に低くとぶときに黒き紙片の影とも見えて

いささかは風寒けれどあけておく木犀匂ふ北の小窓を

亡き人とともにこの世にある如し秋の彼岸を薔薇咲きにけり

祭には帰り来よとの便りありたつた一人のやさしきは他人

幼き日に覚えていまだ忘れざる言葉のひとつ二四六九士《にしむくさむらひ》

奢りとて乗るタクシーの吾家《わぎへ》まで旅にあるごとしばし運ばる

仔猫親猫

これの世に命生《あ》れしかば生くるほかあらぬか猫の食を欲りする

むくつけき猛き雄猫《をねこ》を親として生《あ》れたる猫のかく怯えやすし

ひねもすを居眠る猫の時折は沈思《ちんし》のさまにうなだれをりぬ

身籠るを己れ知らずや家猫のまみを細めて吾に甘え来

小春日のつづけばあえかに黄の蝶の日毎舞ひいづ黄泉《よみ》よりのごと

日の庭に紋白ひらひら舞ふを追ひ気狂ふばかりこれの仔猫は

短か尾の先ゆるやかに回しつつ塀の仔猫はわれを迎へつ

雨だれの落ちては描くその波紋首かしげつつ仔猫は見入る

仔の猫の行動半径ひろごりて落着かぬらし親の呼ぶ声

猫の骸《むくろ》葬りし土に生ひいでてことし花咲く赤のまんまは

石と紅葉

いつよりぞ人は知りしか山狭間《はざま》妖しく黒き大石あるを

いかほどの風化はありや伝へもつ殺生石《せつしやうせき》の亀裂するどし

あな危ふ妖しき伝へもつ石に近寄るときにわが足ふらつく

いつよりかこの石や生《あ》る妖しくも九尾《きうび》の狐の話伝へて

ひびわれて妖気失せしとふ殺生のかぐろ大石ここに鎮もる

雑木木のもみぢ明るき径を来て日はありながらしぐれ幾つぶ

まこと蝶とぶかと思へりもみぢ葉の黄なるがしばし林を舞へば

鶏頂山《けいちやうざん》もみぢの峠ゆくときに売られゐる大根殊にしろしも

幾秋《いくあき》を緋に燃えしめてこの峠《たわ》に老いきしならむ大楓《かへるで》は

わが生きの血潮にこれの朱《あけ》もみぢ映りてあらむ動悸きざしぬ

還るとも往くとも知らずくれなゐのもみぢ下照る峠越え来つ

小夜更けは異形《いぎやう》の鬼ども歩むなれもみぢ緋に燃ゆるこれの深山《ふか》

とり返したき物思ひありコスモスの花乱れ咲く山里過ぎて

わがまなこくれなゐ染《し》むと思ふまで遊行《ゆぎやう》はしたり紅葉《もみぢ》いく山

その繊《ほそ》きひとすぢひとすぢ見ゆるまで白き尾花の夕つ日に透く

冬木の影

山鳩のしきり啼くなり何告ぐる声と知らねば聴くは切なし

ひよどりの声の啼き澄む昨日今日山茶花のはな咲きあふれたり

枯葉色の蝶のひとつが水平に裸木《らぼく》を縫ひて見えずなりたり

月に一度訪《おとな》ふ団地のマーケットに住人の顔して夕餉の物買ふ

ともすれば怯えやすかる我にして冬木の影の如き眼してゐむ

駅

駅の階五十余段をひと息に駈けあがるときわれはすこやか

この駅のホームに富士の見えわたる一角あるを知りて秘めおく

西に歩まむ

冬天《とうてん》の極まる蒼さは裸木《はだかぎ》の枝差すあたり殊に深きも

冬日ざししみらに差すを裸木の肌へかぐろに輝くとせず

家家の西の壁面《へきめん》しまらくは茜匂へり夕映えのあと

夏柑の薄黄に光《て》れるを見てしより兆すかなしみ何のゆゑぞも

よろよろとよろぼひゴキブリ現れぬおのれ死に場所探すと如く

もちの実を食むと来りし鵯《ひよどり》の羽根ひらひらとしばしい向ふ

洗濯機回れるあひを日向《ひなた》にてわれは爪切るいとまとしたり

木枯しの吹く日は西に歩まんか秩父山脈《やまなみ》富士も見ゆるよ

遠街《をんがい》に火事かあるらしと足とめてしばしは見たり寒《かん》の夕焼

冬の諏訪

諏訪の町雪降る前を軒軒に細き垂氷《たるひ》の光りてゐたり

結氷《けつぴよう》の湖《うみ》の黙《もだ》せるかたくなやなづさふ如く冬雲のゆく

あひ呼ばふ谺《こだま》はありや諏訪の湖《み》と山国の空つねに向き合ふ

白妙の雪降りしまく諏訪湖畔禊《みそ》ぎの如くわが立ちゐたり

朝の日の昇れば凍れる諏訪のうみ目覚むる如く白き靄立つ

たはやすく雪は降り来ぬ山ぐにの山をとざして湖《うみ》をとざして

みづうみのかたはらしまらく歩みしが波の音なし凍りゐたれば

雪踏みて詣でたりけり建御名方《たけみなかた》祀れる信濃の諏訪一の宮

甲斐駒《こま》の鋭き頂き常しまく雪のけむりのさかんなる見ゆ

柹蔭山房と石仏

柹蔭《しいん》山房あるじいまさぬ萱屋根のめぐりはげしき雪のしづれは

柹蔭山房柿の木すでに見えずして枝を伸ばへて松のいきほふ

昨日《きそ》の雪とどめず柏の褐色《かっしょく》の枯葉すがしくみな垂れてあり

峡《かひ》の田に光りてまぶしくいますかな万治《まんぢ》の石仏雪をかづきて

あな大き万治の石仏三角のおん鼻のみは雪をかづかず

光の章

立ち返る

オリオンは直立なせり除夜の鐘ひびかふ時をまたたきはげしく
あらたまの年のはじめのしののめに立ち返り啼く山鳩の声

山鳩は帰り来しかも遠きより訪ね来しかも年の朝鳴く

北空に冬の真澄《ますみ》の至るとき雪か降るらめその果ての国

久しくを聞かぬ山鳩帰りきてくくみぃなけば冥府《よみ》よりのごと

冬を咲く薔薇《さうび》は花の長かりきみづからに耐へ保てるごとし

枝長く伸ばして蕾もつばらの咲く日はありやみ冬深むを

風絶えて音なき睦月《むつき》の昼下り刻《とき》のとどまる如き静けさ

白き餅

上つ毛の君より餅の届くこと習ひとなりてわれの歳晩《さいばん》
君が背と君とふたりし搗きましし白き餅ひをしばし撫でゐつ
白き餅切りつつたのし倖《しあは》せをひとつふたつとふやせるに似て

賜物《たまもの》の白妙の餅切りにつつ年を迎ふる心生《あ》れきぬ

白餅の焼けつつふくらみみづからの夢の吐息《といき》の如き音たつ

梅木立

古りたるは幹のかぐろさ際立たせほつほつ咲けり白梅の花

白梅の白さはややに離《さか》りきてかへりみるときいよいよ白し

紋章の如くひともと薄紅梅咲かしむるあり庭の真中に

薄紅梅見つつ思へりふるさとの庭に咲くそれいつより見ずや

満顔のわが涙とも梅が枝の蕾つぼみにむすぶ白露

いつしかにくれなゐ流す梅木立わがさきはひもかくのごと来よ

江青《かうせい》詠

面《おも》あげて何か叫《おら》べる江青のその怖れなさむしろ救ひか

江青の恐れ知らざる白皙《はくせき》の面輪の裏に秘むるものは何

これの世に生くる怖れを知らぬ如き江青いぶかしむ同性なれば

人間が人間を裁く空しさをテレビは見する遠つ世のごと

江青がうそぶく声を羨《とも》しみぬ我は気弱く生きて来しゆゑ

居《ゐ》丈高《たけだか》の江青の耳に女《をみな》なるしるしの如く耳かざり揺る

雛の夜や女雛《めびな》の面に思へらく我に姉妹の語らひはなし

ひとり心

たのめなきひとり心や庭に降り小さきものの芽探して歩く

かたばみは母方の紋母の母のその母すでに吾《わ》は知らざれど

母の母のその母すでに知らずしてわが血脈《けちみやく》の先はくらしも

弥生嘆

初蝶《はつてふ》の道ある如しわが立てるかたへを去年《こぞ》とおなじコースに

孕《はら》み猫腹おもおもとありしまま睦《む》月きさらぎ過ぎゆきにけり

書きかけしままに閉ぢあるわが日記三月四日すでにをととひ

ほの白く梅の花咲くかたへ過ぎ今宵寒けくあらずと気づく

ひとはけの雲あるのみの春の空東西南北今日しおぼろに

小さなる花の芽なれど下り立ちて目守《まも》るは夢を育《はぐく》むに似つ

夫の下駄わがサンダルの踏みしあと片栗一輪咲くところまで

探梅といふにあらねど車窓より眼《まなこ》あそばす白き紅きに

白木蓮の蕾の尖りくきやかに北をさすまま春は遅遅たり

四月鎌倉

仏性は白き桔梗にこそあらめ　漱石

ぼうたんの花に仏性《ぶつしやう》あるらめや眼《まなこ》あるかに見つめられをり

帰源院

駈け込みの寺に残れる縁切状ケースに収まり人に見せらる

東慶寺

水に映る月を見給ふ観音とやつぶら瞳の濡れゐるごとし

唐風《からふう》の浄智寺鐘楼階上の釣鐘ははつか風に揺る見ゆ

隠れ銀杏芽吹きをさなきさみどりに若きおとどの魂の傷みや
源　実朝

もののふのいざ鎌倉へなだれけむ巨福呂《こぶくろ》坂をダンプゆきかふ

雨霽れて若葉まぶしき鎌倉の山は親しも高くあらねば

谷谷《やつやつ》に五山の鐘のひびきけむ鎌倉武士の魂を鎮むと

柏槇《びやくしん》の千年《ちとせ》の古木もこの春にあひて目立たぬ花を咲かすも

紫山《しざん》抄

常陸野《ひたちの》の黒土よりは立ちのぼる今日の陽炎《かげろふ》おびただしけれ

うららかに日のさす野面《づら》の遠《をち》にして筑波嶺おぼろさ霧まとひて

常陸野に春のうらら日あまねきて黄のたんぽぽは茎長く咲く

にひはり筑波の峰の女《め》の山にわがはじめての足跡しるす

先の世に来しかも知れず筑波嶺《ね》のたをりの道のはにつちの色

筑波嶺の頂き近くぶな林卯月半ばをいまだ芽吹かず

むらさきはあくがれの色紫の山の筑波にわが立ちにけり

小《を》筑波の女体《にょたい》の山の岨《そば》道にむらさきすみれ咲きつづきたる

筑波嶺のたをりに垂るるきぶしの花嬥歌《かがひ》をとめら挿頭《かざし》にせしか

筑波嶺のふたつ峰《を》のかげまろやかに野におく見れば乳房《ちちふさ》の如

母校を訪ひて

九州姪の浜に病む学友峰中通子さんのすすめにより訪ふ。報告の意をかねて詠む。母校東京女子大学本館の正面壁面には「凡そ真なるもの」のラテン文字あり。

校門を入れば即ちラテン文字QUAECUNQUE SUNT VERA《クワエクンクエスントヴエラ》

学び舎のヒマラヤシーダはのびにけりチャペルの塔に届くばかりに

病む君のためと思へばためらはず被写体となりカメラに向かふ

母校去り幾年経しやおよび折りかき数ふれば三十二年

過ぎゆきはなべて葬《はうむ》らんとせし日より近づくなかりしわれの母校に

わが居りし寮の部屋には誰《た》が住まむ薄紅色のカーテンとざせる

八重ざくら散りしく地《つち》の花明り目には沁みつつもとほりいゆく

散りしける八重のさくらの薄紅や逝きて還らぬものの華やぎ

遠き日の吾れを呼ぶかに啼く鶸《ひは》のいづべともなき声の谺《こだま》や

若き日のわが魂《たま》天降《あも》り来しかとも白き星形のベツレヘムの花

遠き日にここに学びし吾れかともおかつぱ少女を振り返りみつ

若き日に踏みにしわれの足跡に重ぬと歩むわれの靴音

讃岐なる鄙《ひな》の少女がまぶしくも仰ぎたりしよチャペルの塔を

チャペルなるステンドグラスは虹の色われ若くしてここに祈りき

こけしとふニックネームを持つ友の三十二年経てなほなほまどか

心ゆく母校めぐれど若き日のわが俤にあふべくもなし

学《まな》び舎《や》は浮世を隔てて入れしめず昔ながらの日本たんぽぽ

玉藻よし

青きあをきは空かも海かも島山かも瀬戸の内海今わたりゆく

ふるさとの匂ひは何と考へて玉藻《たまも》の匂ひとわがひとり決む

波のうへ高松の街見えながら船ゆるゆると近づくとせず

玉藻よし讃岐の国の明るさに生《あ》れたるわれの命とおもふ

海の底地のうへ天《あめ》のきはみまでただに明るきふるさとさぬきは

国小さきさぬきの城の玉藻城玩具のやうな櫓をのこす

ほのかなるもの兆しきぬふるさとの麦秋の野の風に吹かれて

ふるさとはあしたの浜に寄る波の音さへあらずと思ふまどかさ

旅人となりて来つればふるさとの浜をいゆきて辺土《へんど》の如し

一夜庵《いちやあん》

一夜庵訪ぬとゆける磯山の径にし見たり白露草《しろつゆくさ》の花

宗鑑《そうかん》がいのち終へたりし一夜庵松に松かぜ松蟬のこゑ

一夜庵海は見えずて町の見ゆ宗鑑法師人恋ひけらし

萱屋根の朽つるにここだ枯松葉散りかさなるはいたはる如く

草の庵戸《いほ》は開かれて松の風とほれるここを住処《すみか》としたき

室町《むろまち》の世より支ふる庵柱《あんばしら》かぼそくありぬ猫柳とぞ

萱屋根の低きはやさしわが立ちて手をしあぐれば廂にとどく

宗鑑はいづくへいたと問ふならば用が出来たであの世へといへ　宗鑑　辞世

あけ放ち花活《い》け茶を点《た》て大人《うし》待たむあの世の用終へとく帰りませ

宗鑑の墓に花なき涼しさよ　虚子

宗鑑の墓に花ありかきつばた黒き揚羽のとびめぐりつつ

貝割《かひわ》れ菜《な》

貝割れ菜といへるかぼそき生野菜《なまやさい》そのさみどりを食みつつもとな

雀子にまじりて白き鳥一羽おのれの白きを知るや知らずや

磯　山

富士に似てちさき山いくつちまちまと野におく所われのふるさと

讃岐路は今しはつ夏磯山の松の木隠《こがく》れ松蟬の鳴く

瀬戸内《うち》は磯山みちを辿るさへ木洩れの光まぶしかりけり

磯やまの赤土道にこぼれたる松の落葉のはつか香に立つ

折ふしに揚羽の蝶の舞ひいでてわれらいざなふ山《やま》四国《しこく》めぐり

ふるさとは根上がり松のあがる根のひまにも青き瀬戸の海見ゆ

ふるさとの磯山ゆきて今日の日のかたみと拾ふちさき松毬《まつかさ》

朝の海

かくまだきに歩みしことなしふるさとの朝《あした》の浜の濡れ砂を踏む

うちしめるあしたの浜の白砂にくきやかに続く鳥の足形

幼き日に拾ひておはじきせし貝の真砂《まさご》はいまも浜に散りぼふ

凪ぎわたる朝の内海湖《うみ》のごと汀《みぎは》に立つる白波もなし

瀬戸の海凪ぎ深ければわたる風潮のかをりといふにもあらず

吹きくるは燧《ひうち》の潮かぜ磯松のかそけき音は聞くべかりける

ふるさとの海に浮かべる伊吹島常やさしめど渡りしことなし

島山のけむりて見えぬ朝海に白けざやかに泊《は》て船ひとつ

砂《すな》絵《ゑ》

海も山もけぶりておぼろのふるさとや繭ごもりゐるわれと思ひつ

ふるさとの浜に銭形《ぜにがた》いまもありてわが死のあとに見るごとく見る

砂文字《すなもじ》の寛永通寶《くわんえいつうほう》近寄ればただ白砂の起伏あるのみ

ふるさとの五月明るき砂浜にあつけらかんと大き銭形

いのちなき砂なりければ銭形に彫《ゑ》られて幾世を天にい向ふ

青き灯に照らし出ださるる砂文字の一文銭《いちもんせん》は夜を生ける如

磯馴《そな》れ松原

小傘《をがさ》松裾引松に臥龍《ぐわりゆう》松姫松もあり磯馴れ松原

幼き日潮を浴ぶるとその枝に服をかけしはどの磯馴れ松

磯馴れ松幾世か経たるおのもおのもその枝形《なり》の面白うして

枝なりの面白ければ旅の人をかしと笑ふ磯馴れ松あはれ

照るとなく曇るとなけれ燧灘《ひうちなだ》海境《うなさか》おぼろに果ては知らえず

籠《こも》りゐて

語らひて友帰りたりふたたびをひとりとなりてきく蝉しぐれ

蟬ききて籠るけふの日あてにせぬ金入るとあり運勢欄に

蟬の声ききつつこもるひと日にて麦茶を飲めば麦の香かぐはし

籠りゐて人にあはねば蟬ききてこれの日頃のなにか寧《やす》けし

色へにも位《くらゐ》がありて真白きにまさるはなしとふゆふべ夕顔の花

食《しょく》尽《じん》

昭和五十六年七月三十一日

食尽の時は今かも日ざかりを外《と》の面翳らふごとく翳れる

食尽の真昼のどこか小暗《をぐら》くて電話のベルさへ遠く聞こゆる

食尽の終りし日輪よみがへる光りをもちて照らし初《そ》めたり

日食の終りてふたたびさす光《かげ》の透《とほ》れる水に手を洗ひけり

夏の日はまさに真上ぞ立木《たちき》みな己が根方に影をあつむる

仔の猫の吾れを見守りしばしあり人語《じんご》解らぬもののすがしさ

夏の上《かみ》つ毛《け》

ゆきかへり車走らせくる人のありて安けし君を訪ふとき

上つ毛の野の夏ぐもり赤城嶺も榛名妙義も閉ざしたりけり

病む君を見舞ひて弱きはわが心しんそこ青き稲田に泣かゆ

毛《け》の国の夏のさかりを君訪ひて心弱りを見せしものかも

背の君のつくり給ふと聞くからに沁みて青しもこれの稲田は

君が背の声聞かずして帰るさの心さぶしさそれと気づけり

森の泉

清正《きよまさ》の井《ゐ》とし伝へて神苑の森の奥処《か》に水湧くところ

暑き日の森の中なりおのづから森は森なる匂ひを放つ

森深く入り来てすがひしものひとつ黒き揚羽の音なき飛翔

森の奥清き泉の湧くといへその水暗し底ひも見えず

い湧くとも見えぬ泉の小暗きに映るわが影己れともなし

底ひなど見るべくもなし水鏡《みづかがみ》暗き泉は過去世《くわこぜ》の闇か

底暗き泉の水の常うごき瞬時も止まずい湧きゐるらし

目守《まも》りゐてほとほと暗き井の水や己れ盲ひとなりたる如く

水すまし汝《な》が足先に水玉の光りともして暗き水の面《も》

森ふかき泉の上に動くもの木洩れの光りと水すましひとつ

祭の章

霜月抄

北国のごとひそひそと降るしぐれわが生《あ》れ月の霜月暗し

朝覚めて必ず兆すかなしみを生きてわがある証しと思はむ

霜月の光りに咲き出で何を祝《ほ》ぐ季節はづれのストケシアの花

街に出でこの雑踏をわがゆくと人知らざらむ夫も子も今

店先に青首大根うづたかく積まれて秋は深み来にけり

ゆきゆけばいづこにゆかむくれなゐの大き入り日に真向かふこの道

曲りたる路地うちつけに眼をば射つ籬に乱るる白菊の花

小式部《こしきぶ》の紫の実の色深み深みくるほどに秋は闌《た》けつつ

秋晴れのひと日籠りて寂しめば猫の寄り来てまつはりやまず

若き日のわが怠りのつけなども受けねばならぬ齢《よはひ》に入りしか

くれなゐの秋の薔薇《さうび》に透《す》く光りいのち消《け》ぬべき時し思ほゆ

日の円

わだかまり消《け》ぬべくもなし曇り空貼りつくごとき薄き日の円

滾《たぎ》つもの心に持てば迸《ほとばし》る蛇口の水に手を打たせゐつ

今朝咲きし薔薇《さうび》におもを寄せゆきぬはじめて匂ひ知りし日のごと

岬にて

しののめの浜にうごめき網つくらふ人影かぐろに太古の如し

くれなゐはまさしく雫したりけり朝けの海に日の出づるとき

目の前にひろごり果てなきわだつみに細き一筋の釣糸垂るる

何釣るといふにもあらずたゆたへる海面《うなも》の浮子《うき》を見つめてゐたり

小さなる稚魚《ちぎょ》の群かも潮の中ゆきつもどりつ隊列崩さず

釣り人は長き思ひにあるごとし浮子を見つめて動くともせず

渡らんとして渡れざる石の橋細きが荒磯《ありそ》の岩間にかかる

動くとも見えねどうねれる青潮のわが立つ磐《いは》をつね叩きをり

花六首

雪柳の花にまみるる枝挿すに白きこぼるるせんかたもなく

点《とも》すれば炎吐くにや蠟様《らふやう》の紅の椿の厚き花びら

店先にあまたは並ぶシクラメン売らるるあはれは言はで寄りゆく

心ぐくありしひと日の夕ぐれに薔薇咲きゐたり愕《おどろ》きのごと

水切りをなして保てる白菊の花弁ふるれば乾く音する

紅梅の花の終りは火の消ゆる寂しさに似て雨に濡れをり

われは旅人

わが里に若きらの部屋建ちたれば亡き母植ゑしエリカもあらず
ふるさとに生《あ》れて生きたりし母逝きてはや七年忌忘られゆくべし
御影石《みかげいし》の母がみ墓に彫《ゑ》る文字にひそむ小蛙安らふらしも
ふるさとの町をいゆけど知る人の一人しあらずわれは旅人

この道を母歩みけりひとたびを母の逝きては還ることなし

さみしさはすべなかりけりふるさとの駅にひとりし列車を待てば

東海道五月の旅の行き帰り白き茨《うまら》の花のみぞ見し

夏の池

夏真昼静もる池の蓮《はちす》かげ大き真鯉の死せるかにゐる

睡蓮はおのが花かげ池水に映し見るとや茎高く咲く

静かなる池のおもてに動くものの亀も真鯉もおなじ方へと

平らかに水面にうかぶ睡蓮のまろ葉を下ゆ揺らせるは何

ひつじ草やがて閉づべし日の三時夕風すでにわたり初めたり

夕づきて池にさ走る風疾《はや》し一瞬水皺《みじわ》の光りつつ過ぐ

新しきいのち

白木槿咲くべくなりて今朝咲きし一花《いちげ》が野分《のわき》の風に揉まるる

われの血をつぎたるいのち汝《な》は母の胎に安けく育ちつつあらむ

いまだ名を持たざるものの清らさを持ちて育てる命はありぬ

安らかに生まれて来よと胎の子に声かけてをり父となる子は

浮雲の白きと木槿の花の白光《て》り合ひにつつ今日し秋立つ

驚きて仔猫は耳をそばだてぬかなかなは今鳴きいでにけり

高原行《たかはらかう》

峠《たわ》の国信濃の山路わけのぼる遠き昔に入りゆく如く

のぼり来し山の平《たひら》は草枯れの深きセピアの色の鎮もり

天近き山の草原音なきと思へるときにわたる風音

湿原はセピアの色に枯れ深く遠世の色と言はば言ふべく

島といふにはあまりに小さし湿原の沼に浮べる七島《ななしま》八島《やしま》

くまもなく起き臥す山の枯れ丘を遠ゆく人の天に消えたり

草枯れの山のいただきつばらかに日は照らひつつ動くものなし

秋日

物思ひ跡《と》切れたるとき執《しふ》念《ね》きに似て鉦《かね》叩く鉦叩きの声

柿の実の上向くもあり下向くも横向くもあり初なり五つ

わが思ひ内へ内へと籠る日は窓を閉ざして猫をも入れず

筑波嶺の歌

天《あめ》なるや　日月《ひつき》もさかる　今の世に　わがどちあども
ひ　いにしへに　変らぬ山の　小《を》筑波に　登りてぞ来
し　岩だたみ　かしこき女《め》山の　頂きに　立ちてもみ
たり　みはるかす　野はおぎろなく　その末辺《すゑべ》　天に
続けり　遠つ世の　鳥羽《とば》の淡海《あふみ》は　なけれども　霞ケ
浦や　遠光る　師付《しづく》の田居《たゐ》は　今もあり　白き尾花と
泡立草　共に靡けり　あたらしき　学園都市も　目
にとめて　橅《ぶな》の大樹の　下蔭に　夜雨《やう》の詩碑尋《と》め　大

いなる　蟇石《がまいし》の口に　石放り　吉事《よごと》願へり　せきれい
の　石めでにつつ　御幸《みゆき》ケ原　平《たひら》に出づれば　男《を》の
山は　神無月尽《じん》　もみぢばの　くれなゐ照り照る　い
にしへの　嬥歌《かがひ》の声は　聞くべくも　なけれどわれら
さざめきて　いゆきもとほる　けふの愉しさ

反　歌

筑波嶺の山路いのぼる人の列つばらに見えて今日の秋晴れ

ふたつ峰《を》

小さくし見え初めしより紫の匂ふ筑波嶺目守《まも》りつつ来し

秋晴れの窮まる空や小《を》筑波の二つの峰のいや高からし

筑波嶺は遠き昔を知るらめど語らず我等をゆかしむるのみ

筑波嶺の山路に摘みし秋草のにほひしるけれ薙刀香薷《なぎなたかうじゆ》

筑波嶺の風返峠《かざかへし》風返さずすすき穂ひとつら片靡きをり

日をひと日常陸《ひたち》の野面ゆきゆけばさやかにつきくる秋の筑波嶺

節《たかし》の生家

歩み入り秋日をふふむ庭土を清しと踏めり節が生家

古畳秋じめりして冷えしるし節が書院に立ちがたみをり

たらちねの母が吊りしと節詠みし青蚊帳なるべし古りしが干さる

君が庭君にふさはし紫苑の花その花言葉君を忘れず

君逝きし日より大木《おほぎ》となりたらむ花梨《くわりん》は書院の屋根に枝《えだ》垂る

常陸野に桜川小貝川《をかひ》糸繰川流れてあれど糸繰川を吾は

糸繰の川細けれどそのかみの糸繰少女《をとめ》の唄も聞ゆかに

生まれきて

いつの世の笑まひか知らず生まれきて三日のみどり児ひとり笑まふも

虫の声月光《かげ》踏みてみどり児に逢ふと夜ごとをわが通ひゆく

もぢずり

もぢずりの花捩《ねぢ》れつつ咲きのぼるといへどつまりは天《あめ》をさしゆく

聞くとなく聞きゐたりしが近き声山鳩何やら語りてゆきし

瓶《へい》の花

部屋ぬちの瓶に挿されてチューリップ昼を開きゐ夜《よ》は閉ぢんとす

花のなき瓶をし見れば花のなき瓶こそあはれ安らひて見ゆ

ひなげしのクレープなせる花びらのふれあへるとき紙に似る音

冬の夜のくだち極まる午前二時もつとも匂ふ瓶の紅薔薇

ストックの曲れる花茎ややややに立ち直り来ぬ水切りしてより

みどり児の魂

初孫健太、生後十九日、感染症にて逝く。

わが生きのいのちのぬくみ伝はれと亡き児の双手《もろて》ながく握りをり

みどり児の健太葬るとゆく道に童は遊ぶすこやけき声

けさもまた聞きしと思ふみどり児の健太の泣くに似てを鳴く鳥

たんぽぽは秋ふたたびを返り咲く小さけれども空地埋めて

砂いろに富士遠見ゆる小春日や今日をむかしと思ふはるけさ

いつせいに飛びたちとび降るる雀子よ亡きみどり児の魂もまじらむ

みどり児に手向くと秋の茎細きたんぽぽ摘めば罪の如しも

抱くこともなくて逝かせしみどり児に手向《たむ》くる供華《くげ》は抱く如く持つ

摘み来りささぐる秋のたんぽぽの精と遊べやみどり児の魂

去年今年《こぞことし》岬の旅

喪にあれば喪より逃るるすべなきに年越すと来し遠き岬に

悲しみを持ちて来りしわれの踏む渚の砂のたどきなかりし

大年《おほどし》のこの日いづくにゆく船か沖辺はるけく外海に向く

動くともなけれど沖辺をゆく船のいつしか島を遠離《さか》りゐき

夕渚汐のたまりにゐる稚魚の動きすばやし影のかぐろに

夕かげの渚とびたつ群れ鳥の小さかりければ亡き子はゐずや

みどり児の健太亡ければ写し絵を持ちて旅行く海見しめつつ

タンカーの平たく大きがゆくときに彼方の小島隠りて見えず

動くともなき船ふたついつしらに互ひの位置を変へてゐにけり

夕焼けをそびらに黒き島かげの大きは大島小さきは利島《としま》

除夜の鐘きかでありけり半島の果ての年越しただに静けく

空も海も真闇にくれて大年の夜はくだちゆくこれの岬に

灯台の瞬くひかり朝明けに見つめゐたりしがいつか消《け》にけり

心には消えぬ悲しみ持ちながらポピーを摘めりうから五人《いったり》

群れ咲けるポピーの花の岬《さき》丘にゆれつつあはれ音はせなくに

わが家族《うから》の最もいとけなかりしを牲《にへ》の如くに逝かしめたりしか

新しき悲しみ持てばあらたまの年のはじめの願《ね》ぎ事もせず

冬ぬくき岬の日だまりよく肥えて眠る猫はも悲しみあらね

旅人といふ木のあれば旅人の心になりて寄りて佇む

大漁旗《たいれふき》押し立て斎《いは》ふ湾いくつ岬めぐりは巡礼に似る

生けるごと声はかけつつみどり児の写し絵もちて旅を続くる

ひなげし

つかの間に苞を落してひなげしの綻ぶはやさ手品に似たり

雛げしの蕾なりしにひと夜経ておしあひへしあひ花の開ける

わが歩みゐるときふいに鳴きいでていざなふ如き春鳥の声

シリウスを健太の星と吾子は言ひ吾《わ》は金星をしか思ひゐる

足とめて佇む花屋の花の前どの花もみな亡き児顕《た》たしむ

花瓶《かめ》の水あさあさにとりかへてひと日の吾れの鎮めとはなす

遠山祭

伊那遠山郷の祭にて、一名霜月祭とも言ひ、重要無形民俗文化財として伝承されてゐる。

たたなはる山また山の奥谷を誰《た》が言ひそめし遠山谷《とほやまだに》と

赤石と伊那の山脈《なみ》あひ深くまことはるけし遠山の里

ふるさとにあらず知る人ひとりなき山の祭を恋ひてわが来つ

奥山のまた奥山の谷にしてむかし乞児《ほかひ》の住みつきし里

峡《かひ》に来て夜空狭きをさびしめりオリオン星座の全きは見えず

新雪をかがふる高山見て来しがこの深谷に入りて見えずも

日のくれを茜さしゐる山あひの遠き低空《ひくぞら》西辺にあらむ

七日月《なぬかづき》かかる夕空いづ方ぞ西も東もわかぬ山里

霜月の祭の今日を冬くるとしぐれの雲は峰をかくせり

この古き峡《かひ》の宿場《しゆくば》の道に沿ひ常ゆく水の音をききけり

山深く来りしわれのおのづからなほ恋ひわたる山のあなたを

秋葉みち古き宿場の上町《かんまち》の旅籠《はたご》はなぜか四《よ》つ目《め》屋といふ

遠き世の記憶の如く粉雪《こな》の音なく降れり霜月まつりに

むらぎもの心澄みけりこの峡の霜月祭りの笛の音きけば

夕まぐれ物煮る匂ひの漂ひて静かなりけり宵祭りの里

あしびきの遠山里の山びとはわれにしたしくみな声をかく

山里のやしろ小さし二本《ふたもと》の古き鉾《ほこ》杉天を突きたり

薄雪の降れる山峡《かひ》祭り笛ひびかひやまねば鳥さへ啼かず

天降《あも》ります神の標《しめ》をし立つるとき風立ちさわぐ木木を鳴らして

常世《とこよ》びといでて舞ふかも神神の面《めん》かぶり舞ふ山の祭りは

ふるさとの昔のぢぢの顔をせる水干烏帽子《すいかんえぼし》の山の禰宜《ねぎ》らは

霜月の祭の一人とわがなりて闇夜をあれば遠世びとかも

湯釜の上かざり吊せる白かみの煤ける頃ぞ祭たけなは

吾命《わぎのち》のまさきくあれと山国の湯立祭の湯のこぼれ浴ぶ

お湯召して雲《くんも》とのぼりかへります百千《ももち》の神よ眼には見えねど

感覚のなきまで冷えのとほりたるわが生きの緒《を》のいかに澄みけむ

霜月の祭の饗《あへ》は鹿《しし》の肉山また山の遠山なれば

霜月祭・完

あとがき

『霜月祭』は『白き假名文字』『水莖のやうに』につゝいで、わたくしの第三歌集として昭和五十六年から同五十九年前半までの作品を主として編んだものです。

十一月三十日は、わたくしの誕生日で、毎年この霜月という月にはわたくしはある特別の感情をいだいてまいりましたが、八年ほど前、信州に旅したおりのことでした。ある店先で、たまたま「信州の旅」というパンフレットを手にしましたところ、その中に、後藤総一郎氏が信州下伊那の「霜月祭」についてかいてある一文に目をとめたのです。その一文はごく短いものでしたが、それは信州の山里に伝わる神呼びの霜月祭についてかいたもので、わたくしは一読するなり、ああこれだと何となくそう思ったのでした。そこはわたくしの魂の原郷であり、その祭でわたくしはわたくしの原魂というか、祖霊というか、何かそんなものに会えるのではないかと思ったのでした。

けれども、ここ数年は、「サキクサ」誌の編集発行に追われどおしのわたくしは、なかなか霜月祭の地を訪ねることが出来ませんでした。ようやく、昭和五十八年十二月の寒い日、念願が叶い、飯田から車で山また山の中に入り込み、遠山という山里で霜月祭（遠山祭）の中にわが身をおくことが出来ました。

その間、わが母が逝き、また思いがけなく初孫健太が生後十九日という短い生涯を閉じたりしました。そんなわけで、この歌集は霜月の祭の歌を最後におき、みずからの鎮魂とすると同時に、亡き母や初孫への祈りをもこめたつもりです。

編んでみて、どうしても詠み置きたいと思ったものをそれほど詠んでおらず、たぶんに自然発生的なものが多いのをかんじました。身近にいる山鳩であり、蝶であり、庭の花であり、また「サキクサ」の人たちと同行した小旅行であり、それらのごく平凡な素材を詠んだものが多いように思われます。けれども、これはこれで、やはりわたくしという命の生生流転の中にあって、自然に鳴りいでたものであろうかと思います。また、わたくしはどちらかというと、人事よりも自然に心ひかれて来ましたし、そこにわたくしなりの新しい具象を求めて来たのも事実です。

これをかいている今、軒にときおり、風鈴が鳴っています。この歌集を読んで下さる方の胸にも風が吹き入り、それぞれに、風鈴を鳴らしていただける歌があればと、願っております。

この歌集上梓にあたり、短歌新聞社の石黒清介様にはいろいろと御無理をおねがいいたしました。心より感謝申しあげます。

昭和五十九年　秋立つ日に

大塚布見子

解説

一ノ瀬理香

『霜月祭』は、『白き假名文字』、『水莖のやうに』に続く第三歌集である。初版は昭和六十（一九八五）年、「サキクサ」創刊から八年後、作者五十五歳の時に刊行されている。後に『大塚布見子選集』全十三巻中の第二巻（平成十二年、二〇〇〇年刊）に、第五歌集『夏麻引く』と共に所収。五十一歳から五十四歳までの作品を主として収める。風の章・光の章・祭の章の三章立て。

巻頭の風の章、「秋立つ日」の冒頭二首からみてみよう。

ある日ふと西に山脈《やまなみ》見えわたりけざやかにして秋は来てをり
かたき葉となりて秋立つ大欅さわだつ音のつねにこもらふ

声に出して何度も朗誦してみると、まことに声調の整った気持のよい音楽性豊かな作品である。それは五七五七七という短歌の定型を守ってリズミカルに詠まれているからというだけではないようだ。二首とも秋の乾いた空気感を表現しながら、一首目には明るく開けてくっきりとした鮮やかな感じ、二首目には暗いというわけではないが何かを含んで籠ったような感じがしないだろうか。

何がそうした印象の違いを生み出しているのか、それぞれの歌に使われている母音の数を数えてみた。

一首目：a11　i12　u2　e4　o2

二首目：a10　i5　u4　e3　o9

両首とも共通してa音が圧倒的に多く使われている。これが両首共通に秋の乾いた空気感を吹き通わせている原因だろうか。顕著に異なるのは、一首目のi音と二首目のo音である。これらはa音と同等数近くに多用されている。これが一首目に引き締まった鮮やかさ（i音）、二首目に何かを含んで籠ったような深み（o音）、という異なった印象をもたらしているのではないだろうか。同じ秋を詠んだ作品でありながら、ここに布見子短歌の表現世界に内包された陰陽を見ることができる。

この陰陽がくきやかに織りなされた表現世界をさらに詳しくみてみよう。

まずは光の章の「玉藻よし」より。

青きあをきは空かも海かも島山かも瀬戸の内海今わたりゆく
ふるさとの匂ひは何と考へて玉藻《たまも》の匂ひとわがひとり決む
玉藻よし讃岐の国の明るさに生《あ》れたるわれの命とおもふ
海の底地のうへ天《あめ》のきはみまでただに明るきふるさとさぬきは

自らの故郷への讃歌である。そこは一点の曇りもなく、地の上天の極みまでただに明るい、そのような地に授かったのが己れの命なのだと高らかに歌い上げている。言わば、自らの命の陽の表現である。

一方、同じ自らの命を見つめた作品群として注目されるのが集名の由来となった祭の章の「遠山祭」一連である。

峡《かひ》に来て夜空狭きをさびしめりオリオン星座の全きは見えず
新雪をかがふる高山見て来しがこの深谷に入りて見えずも
日のくれを茜さしゐる山あひの遠き低空《ひくぞら》西辺にあらむ

十一月生まれのため毎年霜月という月に特別の感情を抱いている作者は、たまたま手にしたパンフレットで信州の山深い里に遠山祭（一名霜月祭）という神呼びの祭があることを知った。そこは自らの魂の原郷であり、その祭で自らの原魂というか、祖霊というか、何かそんなものに会えるのではないかと直感したのだという（「あとがき」より）。そうして訪れた里は前出三首が示すように山深い峡の里であるため空は狭く、オリオン座の全き姿を見ることも、そこに至るまで見ながら来た高山も見ることができない。日暮れになって山間の遠い低空に茜が差すのが見えてかろうじてその方向が西なのだろうと知ることができるのみなのである。生まれ故郷の瀬戸内の明るい開放感とは真逆の閉塞感である。「玉藻よし」に詠われたその明るさこそ作者の命だったはずではないのか……。さらに「遠山祭」一連をみていこう。

山深く来りしわれのおのづからなほ恋ひわたる山のあなたを

周囲を山に閉ざされた山奥に来て、さらにその山のあなたを希求するというのは、まさに自らの命の源泉、魂の原郷への憧れなのかもしれない。

遠き世の記憶の如く粉雪《こな》の音なく降れり霜月まつりに

この一首は夫君の大塚雅春氏が『布見子の歌百首』の中でとりあげており、同行した思い出として、「その夜は、遠い奥山の寒い日で、つき合っていた私は早々と遠山の里の宿に引きあげたが、作者は何に心ゆさぶられるのか、遠い昔のままの単純な祭に、最後まで付き合って夜を明かしたようである」と書いている。そしてこの歌の意味を、

遠い遠いむかしの世の記憶のように、いまも音なく、儚く、はらはら、はらはらと粉雪が降ってくるよ、この奥山の霜月祭の宵に

と解説し、「遠い記憶のように、とは、作者が遠い昔の世に生きていた時の記憶、つまり、遠い世に作者が見たことのある雪のように、という意味あいをもつ」として、しかし、

「二句までに粉雪を記憶の如くと形容し、四句で『音なく降れり』と締めたのが

よく、一、二句の形容が浮わつかないで、結句への流れがしぜんである」と説明している。そして、「先の世と現世との対応をうたって一首を深めるのは、この作者独特のものがある」と締め括っている。

確かに、布見子短歌を注意深く追っていると、先の世人の自身と現世の自身をつなぐ作品がたくさんの自然詠の中にさりげなく織り込まれていることに気付く。例えばこの集では光の章の「紫山《しざん》抄」一連にこんな一首がある。

先の世に来しかも知れず筑波嶺《ね》のたをりの道のはにつちの色

山の道を辿りながら、土の赤い色を目にすると、前世でもここに来ていたかも知れないという懐かしい感じがするというのである。「先の世」という言葉だけをクローズアップすると唐突で常識的には相容れない奇異な感じがするかもしれないが、「たをりの道のはにつちの色」と実景を写生した裏付けがあり、またかつて嬥歌が行われていた山という史実とも相俟って、決して唐突な感じはせず自然である。自然と相対したときに、「先の世人の自分」というものが自ずと今の自分に結びついてくる感覚がやってくる時が作者にはあるのかも知れない。それを具体的に述べている文章がある。『短歌随想』(『大塚布見子選集　第八巻　歌論2』所収)の「前世人の私の詠んだもの」においてである。『万葉集』巻十の一九七六の、

卯の花の咲き散る岳《をか》ゆ霍公鳥《ほととぎす》鳴きてさ渡る君は聞きつや

という作者不詳の歌をあげて、この歌とまさに同じ光景を自身が住んでいる地で体験し感じたということを、次のように述べている。

今啼きながら渡って行ったほととぎすも、卯の花の咲き散っている丘も、もしかすると私が前世でめぐりあっていたものであるかも知れない。ひょっとするとこの万葉歌は、遠い昔の前世人なる私が詠んだものかも知れないという錯覚にとらわれてくるのである。

鳥も花も人も千三百年の長い時を超えて生きつぎ、今もこうして共存していることの驚き、不思議さ、そこに私は永遠を思わないではいられない。

と書いている。

心理学では顕在意識は意識全体のほんの一部、氷山の一角だという。その部分は自分で意識できる部分、見えている部分という意味で陽と捉えることができよう。そして、顕在意識より深くには潜在意識、さらに深くには個人を超えて全体とつながっている集合無意識という領域があるのだそうだ。意識的には捉えることのできないそうした深い領域は、表層の陽に対して、深層の陰と捉えることもできよう。これを作者の命を捉えた歌になぞらえると、讃岐の国の明るさに生まれた命は陽であり、「遠山祭」に身をおいて自らの魂の原郷を見つめて捉えた命は陰と言えよう。陰の領域は深く広大である。意識できない世界、見えない世界である。しかしながら作者はそれを実際に目に見えるもの、聞こえる音を深く見聞きすることによって感知していく。そのような見方で再び「遠山祭」をみてみよう。

天降《あも》ります神の標《しめ》をし立つるとき風立ちさわぐ木木を鳴らして
常世《とこよ》びといでて舞ふかも神神の面《めん》かぶり舞ふ山の祭りは
霜月の祭の一人とわがなりて闇夜をあれば遠世びとかも
湯釜の上かざり吊せる白かみの煤ける頃ぞ祭たけなは

一首目、木木を鳴らして立つ風に神の降臨を感じ、二首目、神神の面をつけて目の前で舞う姿に常世人を見る。三首目、闇夜の祭に実際に身を置いているうちに自らが遠い世の人のように感じてくる。四首目、白い紙が実際に煤けてくるのを見て、祭がたけなわであること、つまり神気が最高潮に達していることを実感する。このように実際にそこに身を置いて、実際を深く見て聞いて感じた末に、

お湯召して雲《くんも》とのぼりかへりますす百千《ももち》の神よ眼には見えねど

と目には見えない神を感知するのである。そうした作者の命は、

感覚のなきまで冷えのとほりたるわが生きの緒《を》のいかに澄みけむ

と、深い深い意識の底、陰の領域の極みまで浄化されたことを実感するのである。そしてこの純化された命のまなざしはさらにその先の未来へと向かう。

光の章「砂絵」より。

ふるさとの浜に銭形《ぜにがた》いまもありてわが死のあとに見るごとく見る

自らの魂の根源と永遠性を見つめながら、過去から現在までそうであったように、鳥や花、雪、それらのあらゆる自然と私たちが共存しながら詠み継がれていく短歌の未来をも見通しているのだろう。

作者にとって自然は、過去から現在を通って未来へと短歌と共に永遠にあり続ける自らの命そのものなのかも知れない。

文庫版あとがき

歌集『霜月祭』は『白き假名文字』、『水莖のやうに』につづくわたくしの第三歌集になります。わたくしの魂の故里のように思える信州の山深い遠山の祭を、はるばると尋ねて行った時の思い出深い作品集です。

このたび、現代短歌社の文庫シリーズに加えていただき、趣を変え、新しく読者の方にお読みいただけることを喜んでおります。

このたびも一ノ瀬理香さんには、行き届いた解説を書いていただき、有難うございます。

出版の労をおとり下さった現代短歌社社長道具武志様はじめ、今泉洋子様ほかスタッフの方々に厚く御礼申し上げます。

平成二十八年　秋立つ日に

大塚布見子

本書は平成十二年短歌新聞社より刊行されました

歌集 霜月祭 〈現代短歌社文庫〉

平成28年11月30日 初版発行

著 者 大塚布見子
発行人 道具武志
印 刷 ㈱キャップス
発行所 **現代短歌社**

〒113-0033 東京都文京区本郷1-35-26
振替口座 00160-5-290969
電 話 03(5804)7100

定価720円(本体667円+税)
ISBN978-4-86534-195-9 C0192 ¥667E